LETTRE

DE

M. GRESSET

L'un des Quarante de l'Académie Françoise,

A M. ***
SUR
LA COMÉDIE.

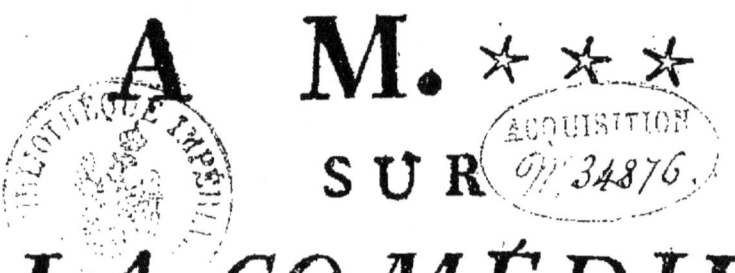

A AMIENS,
Chez la Veuve GODART, Imprimeur
du Roi, rue du Beau-Puits.

M. DCC. LIX.

AVEC PERMISSION.

LETTRE

DE

M· GRESSET

L'un des Quarante de l'Académie Françoise,

A M. ✶ ✶ ✶

LEs sentimens, MONSIEUR, dont vous m'honorez depuis plus de vingt ans, vous ont donné des droits inviolables sur tous les miens ; je vous en dois compte, & je viens vous le rendre sur un genre d'Ouvrages auquel j'ai cru devoir renoncer pour toujours. Indépendamment du desir de vous soumettre ma conduite & de mériter votre approbation , votre appui m'eſt néceſſaire dans le parti indiſpenſable que j'ai pris , & je viens le réclamer avec toute la confiance que votre amitié pour moi m'a toujours inſpirée. Les Titres , les Erreurs , les Songes du Monde n'ont jamais ébranlé les principes de religion que je vous connois depuis ſi longtemps ; ainſi le langage de cette Lettre ne vous ſera point étranger, & je compte qu'approuvant ma réſolution, vous voudrez bien m'appuyer dans ce qui me reſte à faire pour l'établir & pour la manifeſter.

Je ſuis accoutumé, MONSIEUR, à penſer tout haut devant vous ; je vous avouerai donc que depuis pluſieurs années j'avois beaucoup à ſouffrir intérieurement d'avoir travaillé pour le Théâtre, étant convaincu, comme je l'ai toujours été, des vérités lumineuſes de notre Religion , la ſeule divine , la ſeule inconteſtable : il s'élevoit ſouvent des nuages dans mon ame ſur un art ſi peu conforme à l'eſprit du Chriſtianiſme , & je me fai

fois , fans le vouloir , des reproches in-
fructueux , que j'évitois de démêler &
d'approfondir ; toujours combattu &
toujours foible , je différois de me ju-
ger , par la crainte de me rendre & par
le defir de me faire grace ; quelle force
pouvoient avoir des réflexions involon-
taires contre l'empire de l'Imagination
& l'enivrement de la fauffe gloire ? En-
couragé par l'indulgence dont le Public
a honoré *Sidney & le Méchant* , ébloui
par les follicitations les plus puiffantes ,
féduit par mes amis , dupe d'autrui &
de moi-même , rappellé en même temps
par cette voix intérieure toujours févère
& toujours jufte , je fouffrois , & je n'en
travaillois pas moins dans le même
genre ; il n'eft guères de fituation
plus pénible , quand on penfe , que
de voir fa conduite en contradiction
avec fes principes , & de fe trouver faux
à foi-même & mal avec foi ; je cherchois
à étouffer cette voix des remords , à la-
quelle on n'impofe point filence , ou je
croyois y répondre par de mauvaifes auto-

rités que je me donnois pour bonnes ; au
défaut de folides raifons, j'appellois à mon
fecours tous les grands & frêles raifonne-
mens des apologiftes du Théâtre ; je tirois
même des moyens perfonnels d'apologie de mon attention à ne rien écrire
qui ne pût être foumis à toutes les loix
des mœurs ; mais tous ces fecours ne
pouvoient rien pour ma tranquillité ; les
noms facrés & vénérables dont on abufe
pour juftifier la compofition des Ouvrages Dramatiques & le danger des
Spectacles , les textes prétendus favo-
rables , les anecdotes fabriquées , les fo-
phifmes des autres & les miens , tout
cela n'étoit que du bruit , & un bruit
bien foible contre ce fentiment impé-
rieux qui réclamoit dans mon cœur : au
milieu de ces contrariétés & de ces doutes
de mauvaife foi, pourfuivi par l'Évidence,
j'aurois dû reconnoître dès lors , comme
je le reconnois aujourd'hui , qu'on a
toujours tort avec fa confcience quand
on eft réduit à difputer avec elle. Dieu
a daigné éclairer entiérement mes té-

nèbres & diffiper à mes yeux tous les enchantemens de l'Art & du Génie ; guidé par la Foi , ce flambeau éternel devant qui toutes les lueurs du Temps difparoiffent , devant qui s'évanouiffent toutes les rêveries fublimes & profondes de nos foibles Efprits-forts, ainfi que toute l'importance & la gloriole du Bel-efprit, je vois fans nuage & fans enthoufiafme que les loix facrées de l'Évangile & les maximes de la morale profane, le Sanctuaire & le Théâtre font des objets abfolument inalliables ; tous les fuffrages de l'Opinion, de la Bienféance, & de la Vertu purement humaine fuffent - ils réunis en faveur de l'Art Dramatique, il n'a jamais obtenu , il n'obtiendra jamais l'approbation de l'Églife ; ce motif fans réponfe m'a décidé invariablement : j'ai eu l'honneur de communiquer ma réfolution à Monfeigneur l'Évêque d'Amiens , & d'en configner l'engagement irrévocable dans fes mains facrées ; c'eft à l'autorité de fes leçons & à l'éloquence de fes vertus que je dois

la fin de mon égarement , je lui devois
l'hommage de mon retour, & c'eſt pour
conſacrer la ſolidité de cette eſpèce
d'abjuration que je l'ai faite ſous les yeux
de ce grand Prélat ſi reſpecté & ſi
chéri ; ſon témoignage ſaint s'éleveroit
contre moi , ſi j'avois la foibleſſe &
l'infidélité de rentrer dans la carrière :
il ne me reſte qu'un regret en la quit-
tant ; ce n'eſt point ſur la privation des
applaudiſſemens publics , je ne les aurois peut-être pas obtenus , & quand
même je pourrois être aſſuré de les ob-
tenir au plus haut degré , tout ce fracas
populaire n'ébranleroit point ma réſolution ; la voix ſolitaire du Devoir doit
parler plus haut pour un Chrétien que
toutes les voix de la Renommée : l'u-
nique regret qui me reſte c'eſt de ne
pouvoir point aſſez effacer le ſcandale
que j'ai pu donner à la Religion par ce
genre d'Ouvrages , & de n'être point à
portée de réparer le mal que j'ai pu cau-
ſer , ſans le vouloir ; le moyen le plus
apparent de réparation , autant qu'elle

est possible, dépend de votre agré-
ment pour la publicité de cette Lettre ; j'espère que vous voudrez bien
permettre qu'elle se répande, & que
les regrets sincères, que j'expose ici à
l'Amitié, aillent porter mon apologie
par - tout où elle est nécessaire : mes
foibles talens n'ont point rendu mon
nom assez considérable pour faire un
grand exemple ; mais tout Fidèle, quel
qu'il soit, quand ses égaremens ont eu
quelque notoriété, doit en publier le
désaveu, & laisser un monument de son
repentir. Les gens du bon air, les demi-
raisonneurs, les pitoyables incrédules
peuvent à leur aise se moquer de ma dé-
marche, je serai trop dédommagé de
leur petite censure & de leurs froides
plaisanteries, si les gens sensés & ver-
tueux, si les Écrivains dignes de servir
la Religion, si les ames honnêtes &
pieuses que j'ai pu scandaliser, voient
mon humble désaveu avec cette satisfa-
ction pure que fait naître la Vérité dès
qu'elle se montre.

Je profite de cette occasion pour ré-
tracter aussi solemnellement tout ce que
j'ai pu écrire d'un ton peu réfléchi dans
les bagatelles rimées dont on a multiplié
les Éditions, sans que j'aie jamais été
dans la confidence d'aucune. Tel est le
malheur attaché à la Poésie, cet Art si
dangereux, dont l'histoire est beaucoup
plus la liste des fautes célèbres & des
regrets tardifs, que celle des succès sans
honte & de la gloire sans remords ; tel
est l'écueil presque inévitable, sur-tout
dans les délires de la jeunesse ; on se laisse
entraîner à établir des principes qu'on n'a
point ; un vers brillant décide d'une ma-
xime hardie, scandaleuse, extravagante ;
l'idée est téméraire, le trait est impie,
n'importe, le vers est heureux, sonore,
éblouissant, on ne peut le sacrifier, on ne
veut que briller, on parle contre ce qu'on
croit, & la vanité des mots l'emporte sur
la vérité des choses. L'Impression ayant
donné quelque existence à de foibles pro-
ductions auxquelles j'attache fort peu de
valeur, je me crois obligé d'en publier

une Édition très-corrigée, où je ne
conferverai rien qui ne puiffe être foumis
à la lumière de la Religion & à la févérité
de fes regards ; la même balance me
règlera dans d'autres Ouvrages qui n'ont
point encore vu le jour. Pour mes nou-
velles Comédies (dont deux ont été
lues, MONSIEUR, par vous feul) ne
me les demandez plus ; le facrifice en
eft fait, & c'étoit facrifier bien peu de
chofe. Quand on a quelques Écrits à fe
reprocher, il faut s'exécuter fans réferve
dès que le remords les condamne ; il feroit trop dangereux d'attendre ; il feroit
trop incertain de compter que ces Écrits
feront brûlés au flambeau qui doit
éclairer notre agonie.

J'ai cru, pour l'utilité des mœurs,
pouvoir fauver de cette profcription les
principes & les images d'une Pièce que
je finiffois, & je les donnerai fous une
autre forme que celle du genre Dramatique : cette Comédie avoit pour objet la
peinture & la critique d'un Caractère
plus à la mode que *le Méchant* même ;

& qui , forti de fes bornes , devient tous les jours de plus en plus un ridicule & un vice national.

Si la prétention de ce Caractère , fi répandue aujourd'hui , fi mauffade comme l'eft toute prétention , & fi gauche dans ceux qui l'ont malgré la nature & fans fuccès , n'étoit qu'un de ces ridicules qui ne font que de la fatuité fans danger , ou de là fotife fans conféquence , je ne m'y ferois plus arrété ; l'objet du portrait ne vaudroit pas les frais des crayons ; mais outre fa comique abfurdité, cette prétention eft de plus fi contraire aux règles établies , à l'honnêteté publique , & au refpect dû à la Raifon, que je me fuis cru obligé d'en conferver les traits & la cenfure , par l'intérêt que tout citoyen qui penfe doit prendre aux droits de la Vertu & de la Vérité : j'ai tout lieu d'efpérer que ce fujet, s'il doit être de quelque utilité, y parviendra bien plus fûrement fous cette forme nouvelle , que s'il n'eût paru que fur la Scène , cette prétendue école des mœurs, où l'Amour-propre ne vient reconnoître que les torts d'autrui, & où les vérités morales, le plus lumineusement présentées, n'ont que le stérile mérite d'étonner un instant le désœuvrement & la frivolité, sans arriver jamais à corriger les vices, & sans parvenir à réprimer la manie des faux airs dans tous les genres, & les ridicules de tous les rangs.

Je laisse de si minces objets pour finir par des considérations d'un ordre bien supérieur à toutes les brillantes illusions de nos arts agréables, de nos talens inutiles, & du génie dont nous nous flattons; si quelqu'un de ceux qui veulent bien s'intéresser à moi est tenté de condamner le parti que j'ai pris de ne plus paroître dans cette carrière, qu'avant de me désapprouver il accorde un regard aux principes qui m'ont déterminé; après avoir apprécié dans sa raison ce phosphore qu'on nomme l'Esprit, ce rien qu'on appelle la Renommée, ce moment qu'on nomme la Vie, qu'il interroge la Religion qui doit lui parler comme à moi ; qu'il contemple fixement la mort ; qu'il regarde au-delà, & qu'il me juge. Cette image de notre fin, la lumière, la leçon de notre exiſtence, & notre première philoſophie, devroit bien abaiſſer l'extravagante indépendance & l'audace impie de ces ſuperbes & petits Diſſertateurs, qui s'efforcent vainement d'élever leurs délires ſyſtématiques au deſſus des preuves lumineuſes de la Révélation ; le Temps vole, la Nuit s'avance, le Rêve va finir ; pourquoi perdre à douter, avec une abſurde préſomption, cet inſtant qui nous eſt laiſſé pour croire, & pour adorer avec une ſoumiſſion fondée ſur les plus fermes principes de la ſaine raiſon ? Comment immoler nos jours à des Ouvrages rarement applaudis, ſouvent dangereux, toujours inutiles ? Pourquoi nous borner à des ſpéculations indifférentes ſur les majeſtueux Phénomènes de la Nature ? Au moment où j'écris, un Corps Céleſte, nouveau à nos

regards , est descendu sur l'horison ;
mais ce spectacle , également frappant
pour · les Esprits éclairés & pour le
Vulgaire , amuse seulement la frivole
curiosité , quand il doit élever nos réflexions. Encore quelques jours , & cette
Comète que notre Siècle voit pour la
première fois , va s'éteindre pour nous ,
& se replonger dans l'immensité des
Cieux , pour ne reparoître jamais aux
yeux de presque tous ceux qui la con-
templent aujourd'hui ; quelle destinée
éternelle nous aura été assignée , lorsque
cet Astre étincelant & rapide , arrivé au
terme d'une nouvelle révolution , après
une marche de plus de quinze Lustres ,
reparoîtra sur cet Hémisphère ? Les té-
moins de son retour marcheront sur nos
cendres.

Je vous demanderois grace , Monsieur , sur quelques traits de cette
Lettre , qui paroissent sortir des limites
du ton épistolaire , si je ne sçavois par
une longue expérience que la Vérité a
toute seule par elle - même le droit de

vous intéreffer indépendamment de la façon dont on l'exprime, & si d'ailleurs dans un femblable fujet, dont la dignité & l'énergie entraînent l'ame & commandent l'expreffion, on pouvoit être arrêté un inftant par de froides attentions aux règles du ftile, & aux chétives prétentions de l'efprit.

Je fuis avec tous les fentimens d'un profond refpect & d'un attachement inviolable,

MONSIEUR,

Votre très-humble & très-
obéiffant ferviteur,
GRESSET.

A Amiens le 14 Mai 1759.

Permis d'imprimer & débiter. A Amiens ce fix Juin 1759. Signé, DINCOURT D'HANGARD.

www.ingramcontent.com/pod-product-compliance
Lightning Source LLC
Chambersburg PA
CBHW061412170626
46811CB00005B/1962